DIVERSIÓN CON COLORES

GRIS

por Anna C. Peterson

TABLA DE CONTENIDO

tadpole en español

PALABRAS A SABER

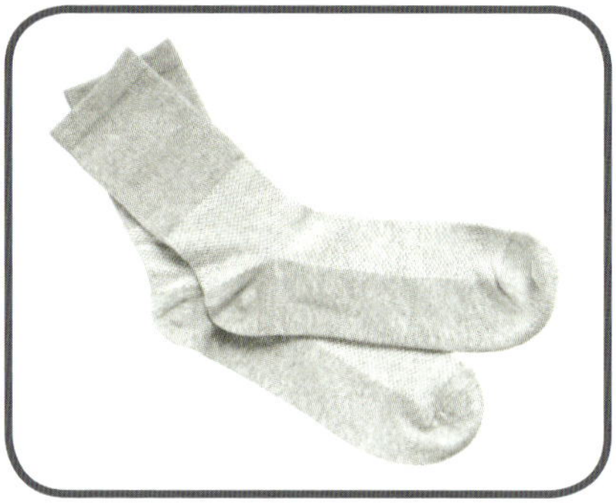

calcetines

delfines

gatito

jets

nubes

rocas

GRIS

El gris es un color.

¿Dónde vemos el color gris?

Estas nubes son grises.

Estos *jets* son grises.

Hay cinco.

Estos calcetines son grises.

Estas rocas son grises.

Son lisas.

gatito

Este gatito es gris.

Los delfines son grises.

¡Guau!

¡REPASEMOS!

¿Cuáles animales son grises? Apunta hacia cada animal gris que veas aquí.

ÍNDICE